A Inès.

PREMIERE PARTIE

0-631 138 519 secondes

Préface

Pourquoi écrire des confessions ?

D'autres l'ont déjà fait, St augustin, et J.J.

Je rêvais de Rousseau et de Mme de Warens, dans un décor pastoral où il lui apportait un bouquet de jacinthes en parfaite harmonie avec sa robe. Les chapitres sont thématiques mais ne sont pas nécessairement chronologiques. Cela reste avant tout de la recherche sur soi. Des sujets d'inspiration traversent les hommes et certains s'arrêtent entre deux peaux. La mémoire fonctionne à partir d'un filtre qu'est l'émotion. Plus elle est présente et plus cette sensation de gravure permet de choisir un sujet plutôt qu'un autre.

Ce projet peut paraitre peu original étant donné le nombre incalculable de mémoires et de pseudo-autobiographies. Pourquoi « pseudo » ?

Il semble bien évidemment difficile de retracer toute la vérité sans la déformer même si l'on se veut rester sincère. Le « pacte autobiographique » de Philippe Lejeune est loin d'être une évidence.

L'écriture sert avant tout de moyen de se libérer de certaines pulsions, de se faire plaisir et de restituer sa mémoire. Un autre sujet que sa propre existence ne peut pas être meilleur support pour parvenir à mieux se connaitre et à faire également découvrir d'autres aspects de soi aux autres. Il est parfois tellement plus aisé d'écrire que de parler.

La deuxième raison qui me pousse à écrire est ma rencontre avec Jean-Jacques Rousseau en classe de première. Je ne remercierai jamais assez notre professeur de français du lycée Chanzy, pourtant dépassé, peu pédagogue, d'un physique que certains qualifiaient d'étrange, sans aucun goût du travail mais passionné par la littérature, de m'avoir fait découvrir cet auteur et de nous avoir forcés à lire la première partie, les six premiers livres. Un professeur médiocre selon les élèves, sans aucune autorité, critère qui semble définir de nos jours les qualités de l'enseignement en oubliant l'essentiel, la passion. J'emploie le verbe « forcer » car je devais sans doute être le seul à aimer cette lecture. Les autres n'étaient que dans une souffrance psychologique à enchainer des mots mentalement sans jamais les coller et encore moins les apprécier. Beaucoup trop d'élèves sont dans une conception d'un ultra pragmatisme de ce qui est expliqué en classe. Conception d'une absurdité la plus complète et la plus réductrice, ne voyant pas autre chose que d'utiliser ces connaissances pour obtenir un métier ou avoir une utilité dans la vie courante. Certains vont jusqu'à refuser de réfléchir… A bon entendeur, salut !

Chaque chapitre développe un thème. La chronologie des événements n'est pas forcément respectée. Ils se termineront sur une auto-analyse qui n'a pour seul but que de me sentir moins seul.

Les autres rencontres rejoignent la première. Ce sont celles du philosophe Kant, de Descartes et dernièrement de Thoreau qui ont peu à peu forger ma pensée, ma façon d'être et le mode de vie que je voudrais pratiquer.

Le seul dessein que ce livre aimerait atteindre est d'ouvrir à la compréhension des autres et de soi-même. Je suis très loin d'avoir abordé tous les sujets sur lesquels je réfléchis. Ceci ne reste qu'une « esquisse pyrrhonienne ».

Néanmoins j'ai essayé de me limiter aux objets principaux, ceux qui déterminent progressivement mes choix puisqu'il faut apparemment en faire.

Frédéric LIENARD

11

Chapitre O : L'origine du monde

Je suis mort à l'âge de vingt ans et je n'irais pas plus loin dans cette première partie. La réalité brise peu à peu mes rêves. La société humaine ne me convient aucunement. La mort ici symbolise le deuil de mes idées. La joie de pouvoir apprendre sans être obligé de travailler, ce qui représente la majeure partie d'une perte de temps. L'espoir de concilier les deux, triste utopie. Il me semble important de s'inspirer du réel pour y mettre de la fiction et inversement. Celle-ci dépasse très souvent ce que l'on essaye de démontrer. Dans ce titre, Je ne fais pas ici référence au célèbre tableau de Gustave Courbet mais plutôt à, tout simplement, celle qui a bien voulu me porter neuf mois dans ses entrailles et me donner la vie.

Après avoir parcouru quelques autobiographies africaines, Il m'est venu l'idée de ne pas commencer par moi-même, c'est à dire qu'une brève partie du livre est consacrée à ma mère.

Abandonnée par ses parents à la naissance, elle survit quelques années avant de trouver sa voie, celle du sentiment amoureux et de l'humanitaire. Nombreux sont les épisodes romanesques ! Chaque instant de son enfance et de son parcours sont des pépites parfois de joie mais surtout de peines.

Elevée par des religieuses en Belgique, elle reçoit une éducation stricte, autoritaire, sans aucune liberté. La seule règle appliquée est celle de la discipline. Quatorze dans une seule chambre, elle n'apprit à marcher qu'à l'âge de trois ans. Trop souvent cloitrée dans un parc. Il arrivait assez souvent qu'elle dormait tête-bêche à quatre dans un seul lit en variant les positions pour gagner quelques centimètres de confort.

Elle tenta de se construire en parallèle à sa sœur jumelle, nettement favorisée par sa nouvelle « famille », famille dite   « d'accueil ». Sœur jumelle qui mourra précipitamment vers la cinquantaine, tombée dans les griffes de l'alcoolisme. Sœur sans sentiment, cynique et égoïste. Nous pourrions débattre ici longuement sur la définition du mot « famille » tant les sujets d'actualité y font référence abusivement. Ils confondent milieu affectif dans lequel on se construit, avec « liens du sang » qui sont absolument tout, sauf des liens. J'abhorre ce terme. Il ne représente rien qu'un ramassis d'absurdités et de règles sans intérêt en rapport avec des êtres difformes et méprisables. Il faut choisir sa famille, c'est un concept fondamental et se détacher de toute personne qui freine sa progression.

Elle quitta l'école à douze ans, retenant comme culture principale, les rudiments du calcul, de la lecture et de l'écriture. Complexée par l'écrit et surtout par l'orthographe, elle développa peu de confiance en elle dans ces domaines. Cela ne l'empêchera pas de participer à de nombreux projets très différents.

Elle consacra une partie de son enfance à trier des pommes de terre dans une cave et découvre de ce fait le monde impitoyable du travail. Elle enchainera toute sa vie des tâches professionnelles très différentes, n'hésitant pas à faire plusieurs dizaines de kilomètres à pied pour atteindre le lieu de son exécution. Devient caissière dans un supermarché, propose son aide chez des vendeurs de meubles belges...

La rencontre de mon père mettra fin à ses souffrances. Ses souvenirs forgeront une hypersensibilité. Père assez peu présent dans les souvenirs de mon enfance, la gendarmerie lui grignote le peu de temps qu'il peut nous consacrer, moi et mon frère. On fait souvent allusion au fait qu'après être parti en déplacement, je pris peur lorsque je le revis. Je ne le reconnaissais. Cependant, ces souvenirs ne sont pas significatifs étant donné l'âge que j'avais, à peine quelques mois. Cependant les souvenirs avec lui sont plus intenses et souvent plus déterminants dans mon parcours. Ma mère me donna son goût pour la musique et sa sensibilité. Mon père, celui de la nature.

En outre, ma personnalité est toute entière. Je ne connais personne dans mon environnement proche me ressemblant étrangement. Ma mère évoque ce fait ironiquement et me dit régulièrement : « C'est moi qui est fait ça ! ». Je reste pour eux une énigme tout autant qu'aux autres et surtout à moi-même. J'ai trop souvent des difficultés à me poser et à ne pas réfléchir. Je vis à un rythme effréné. Tout doit devenir intérêt. Je pense. Chacun instant doit m'apporter quelque chose, c'est pourquoi j'éprouve sans doute autant de mal à travailler et parfois à concrétiser mes projets. Je peux paraitre velléitaire. Quand je faisais mes études, mon voisin de chambre me comparait à Frédéric Moreau, personnage issu du roman *L'Education sentimentale* de Flaubert, incarnant la création mais surtout l'inconstance. Je me refuse parfois à faire des choix mais au fond de moi, je rêverai sans doute toute mon existence de tout concrétiser. Arrêter de rêver, d'apprendre et de réfléchir, plutôt mourir. Ma femme m'a dit encore récemment : « Quand fais-tu des pauses ? ». Il arrive parfois que je lui parle d'esprits en référence à la grammaire du grec ancien, des théories de Konrad Lorenz, du symposium de l'encyclopédie Universalis ou du boson de Higgs, à des heures tout à fait adéquates, vers minuit par exemple.

Chapitre I : Les premières années de l'existence

Les premiers instants dont je me souviens se limitent à quelques photos mnésiques de l'école maternelle de Flize, petit village des Ardennes françaises. Bien souvent et il est vrai que les premiers souvenirs sont un mélange de ce que nous racontent nos parents, de ce que l'on imagine et de ce dont on se souvient réellement. Les premiers souvenirs sont photographiques, c'est-à-dire que nous n'avons en tête que des images. De plus la mémoire passe au travers du filtre sentimental qui fige les souvenirs. Plus le sentiment lié au moment est intense, mieux on se souvient de cet instant. L'amour traverse déjà les premiers instants de ma vie et sera à jamais un leitmotiv essentiel. Trouver « l'âme sœur » a toujours été un but, dans l'espoir de combler ce manque, cette incompréhension face à la société.

Peu de souvenirs. Comme diraient certains, les premiers instants avant l'âge de six ans ne sont que de très floues photographies que l'on essaye de recoller, de rassembler pour en arriver peu à peu à ce qui définit notre enfance. Mélanges hétérogènes, de discours oraux, de vieilles images commentées par les parents ou d'autres par d'autres membres et de nos propres souvenirs qui représentent une proportion bien faible.

Ecole maternelle

J'ai peu de souvenirs de cette époque mais ceux qu'il me reste sont très précis et m'ont marqué à tout jamais.

A l'entrée de l'école maternelle, celle que je surnommais « Madame Zorro », surnom dû au fait qu'elle portait en permanence sur les épaules une cape noire. Ton très autoritaire, elle incarne la discipline mais jamais la joie de vivre. Sa voix grave et nasillarde nous terrorisait.

Les premières années furent difficiles non pas à cause du simple fait d'aller à l'école et de quitter le domicile familial, mais surtout au fait de rencontrer ce personnage, ce monstre.

Chaque fin d'année nous présentions aux parents nos divers travaux, l'évolution de notre imagination se résumait bien souvent à des dessins grand format colorisés sur du papier peint jauni.

Dans la cour de l'école, j'incarne divers personnages, notamment celui de Popeye. Je cherchais à chaque récréation celle qui pouvait incarner Olive et ce fut bien souvent la même petite fille, charmante et rousse. Popeye était secrètement amoureux d'elle.

Un autre jour, un élan de générosité me poussa à donner une friandise mentholée à l'une de mes camarades. Elle l'a prise, la jeta violemment par terre et me fit penser que l'homme est naturellement méchant et cruel. Ce geste sans doute anodin est le premier qui me forgea peu à peu ce sentiment profond, cette haine latente envers l'espèce humaine. Au sein de ces animaux, je me sens étranger, maladroit, en désaccord et dans l'incompréhension. J'accorderai au fond de moi peu de crédit à l'homme, quelques rares exceptions me feront parfois changer d'avis momentanément. Le bonheur est éphémère et cette idée me rapproche encore de Jean-Jacques, « j'*ai* passé soixante et dix ans sur la terre, et j'en *ai vécu sept* ».

C'est également pendant ces années que je développe un sentiment conservateur voire matérialiste maladif. Je conserve tout, tout objet peut être potentiellement utile. Ma mère m'avait offert une trousse de couture et peu de temps après elle m'offre une série de feutres. J'ai conservé ces crayons pendant plus de dix ans, je dois avouer que trente ans plus tard, j'en possède encore quelques uns.

J'arrive alors en grande section où je commence à déchiffrer puis à lire avec un peu d'avance, vers l'âge de cinq ans. C'est elle qui me perdait souvent. Ma voisine en face de mon appartement est l'enseignante qui m'apprit à lire, Mme Robert. Je n'ai aucun souvenir d'elle. Il ne me reste qu'une phrase qu'elle prononça quelques années plus tard : « Tu te souviens de moi ? Je suis ta voisine d'en face, c'est moi qui t'ai appris à lire ». Je dois avouer que sans elle, le constat aurait été le même. En Ce2 les enseignants me proposent de passer une classe pour me retrouver en Cm2 puis la même chose en Cm1. Ma mère refuse ces propositions et je pense qu'elle a eu raison. Peur que je sois perdu de me retrouver avec des enfants plus vieux mais sans doute toujours aussi ennuyeux.

Baxter, un chien qui pense

Jamais, je ne verrai plus les Bull terrier de la même façon. En 1989, c'et la sortie au cinéma de ce film qui resta gravé dans ma mémoire.

L'odeur des poireaux s'installe dans l'air humide de la cuisine telle une madeleine de Proust. Ce plat fera renaitre à chaque fois des sentiments bien différents mêlant l'effroi et la découverte. A travers ce film tourné comme une profonde et violente satire sociale, la violence de l'humanité me saute aux yeux. Je découvre à travers le personnage principal, celui d'Hitler et tout type de dictature extrême. Je dois dire également qu'il participa grandement à l'amour que je porte à la nature et aux autres animaux. Le maitre, un enfant de seize ans, tue violemment à coups de batte de baseball son chien dans une décharge publique, un bidonville représentant son bunker.

Le personnage s'identifie au führer.

Ecole primaire

Toute ma vie fut marquée par la rencontre avec ce cher professeur remplaçant venu secourir Monsieur F. ; tombé dans la dépression suite à un manque d'autorité face aux élèves perturbateurs.

Monsieur C. autrement dit Monsieur Chantelose me permit d'avoir l'année scolaire, voire l'année la plus riche de toute mon existence. Le programme imposé par l'éducation nationale me semblait bien loin de toutes les activités proposées au vu de la variété de celles-ci. Voici une liste non exhaustive des activités qui me réjouissaient le plus :

- Danse de salon
- Découverte de logiciels informatiques sur la géométrie et le dessin
- Electronique et en particulier, la fabrication d'une radio.

- Balades en forêt et constructions de sifflets à partir d'une branche de noisetier et d'un couteau de poche.

- Concours de calcul mental

- Concours de rosaces

- Bétonnage et fabrication de bancs pour l'école.

- Jardinage, création d'un jardin pédagogique dans la cour de l'école.

Ces expériences ont forgé mon caractère, ma façon de voir la vie, c'est-à-dire de ne jamais se limiter à un seul domaine de connaissances mais d'en essayer plusieurs. Certains seront cependant à tout jamais banni de mon champ de réflexion : la politique dans le sens moderne et la gestion de l'argent. « Humain, trop humain », comme dirait une connaissance. Seul l'aspect philosophique de la politique m'intéresse mais aujourd'hui nous sommes tout de même loin des réflexions telles celles que l'on peut lire dans *La République* de Platon ou encore dans *Le Prince* de Machiavel. La politique se résume à deux mots : profit et pouvoir. Aucun parti ne représente et ne représentera mes idées. Je ne vote jamais « pour… » mais toujours « contre... ». Il est aussi absurde d'avoir des convictions religieuses que politiques. L'homme expose trop souvent son étroitesse d'esprit et se laisse trop souvent manipuler.

Ma seule règle de vie en termes de connaissance : se poser des questions et surtout ne jamais y répondre. Nous sommes toujours entre le « oui » et le « non ». Pourquoi se persuader de connaissances qui peuvent un jour changer ? Il y a tant d'exemples historiques, de théories qui ne sont valables que temporairement. Jamais on ne pourra atteindre la réalité, la vérité.

Le seul concept pessimiste, source de névroses, dont je suis peut-être sur c'est que nous n'étudions que des phénomènes et jamais nous ne connaitrons les noumènes.

Un jour de Noël

Il y avait toujours une ambiance particulière le jour de l'anniversaire de « la naissance de Jésus ». Jour en réalité des plus banals, pour un enfant et des plus ennuyeux pour un enfant comme moi. Très vite je m'enfermais dans mes cadeaux habilement choisis pour tuer le temps. Très souvent dans des jeux de société où les parties pouvaient durer des heures. La photographie de la nouvelle voiture du Parrain, telle un trophée, positionnée en équilibre en bas du sapin décorait la salle où serpentaient quelques guirlandes mal recyclées. On se devait de lui poser des questions sur ce nouveau véhicule tant attendu. Le « petit Jésus » était vite remplacé et l'on attendait la naissance et l'arrivée d'autre chose. Eux qui se disaient catholiques, adoptaient une attitude absolument opposée. Ils préféraient dépenser leur argent dans la futilité plutôt que faire ce qu'ils jugeaient comme « une bonne action ». Une fois par an, c'est déjà trop, sinon nous n'aurons plus le temps d'entasser nos lingots. Nous sommes allés une fois à la messe de minuit. Leur devoir de catholique les empressait non pas de prier et de penser aux autres mais de rapidement rentrer chez eux pour manger les cailles maigrement farcies, achetées en promotion et à la hâte.

Et les questions tant attendues arrivaient enfin. « Cette année, c'est un 4x4 avec pare-buffles et vitre arrière rabattable ». A quoi pouvait-il servir ce « pare-buffles » ? Eux qui ne sortaient jamais de chez eux. Toutes les excuses étaient bonnes pour changer de voiture. On passait des petites sportives aux 4x4 luxueux. A croire que leurs besoins changeaient tous les ans. La colombophilie était souvent un argument de choix. Le pigeon devenait leur bouc-émissaire.

Nos présents se résumaient parfois à quelques chocolats périmés dans un panier, en osier, pour le prestige. Quelques billets de cinquante francs.

Les seules commandes faites furent toutes des échecs cuisants. Je dois dire que le premier ordinateur que je reçois n'a jamais réellement fonctionné. Une année, je voulais me mettre au piano ou au synthétiseur. Ils préférèrent m'acheter un orgue duquel la soufflerie faisait plus de bruit que les notes eux-mêmes.

Les enfants ne réalisent pas ce qu'ils demandent et ont un esprit changeant. Ils sont trop innocents et ne recherchent aucune qualité, balivernes ! Ne me dites pas ça à moi ! La rage m'envahit face à ces réflexions dignes des êtres les plus absurdes et inintéressantes de cette planète. Quelle preuve de mépris ! Réveillez-vous ! Commencez un jour à réfléchir !

Ils préféraient lire les inepties des livres offerts par les témoins de Jéhovah. Ils osaient comparer ces torchons innommables à l'encyclopédie Axis que mes parents venaient de m'acheter. Ils dépensèrent une fortune pour satisfaire mon besoin de connaissances.

Ce jour de la Noël, Je préférais ne rien recevoir. Je faisais preuve de beaucoup plus de lucidité qu'eux. Je possèderais encore tous ces objets s'ils avaient été un jour fonctionnels.

Tant de questions inutiles. En 1995, ma marraine me posa la question ultime : « Qu'est-ce qui te ferait plaisir ? ». Ma réponse fut brève :

« un dictionnaire ». Je reçus alors un dictionnaire, comme prévu, mais celui-ci d'occasion, de poche et bilingue français-anglais. Il était trop difficile de chercher.

En face, se pavanait devant moi et mon frère notre cousine recouverte de cadeaux, qui ne la comblaient pas suffisamment. Les excès étaient de tous les genres. Voici une liste non exhaustive d'un Noël ordinaire :

- Un ordinateur

- Une imprimante

- Deux jeans Levis

- Quatre jeux de société

- Quelques jeux-vidéos

Elle osa, après avoir fait le compte de ce qu'elle voulait, demander où était le scanner. Fortement déçue de ne pas avoir tout reçu.

Cependant aucune jalousie ne naissait face aux excès. Nous nous sommes toujours contentés de ce que l'on nous offrait, qui valait bien plus de tous ces cadeaux qu'elle n'appréciait pas à leur juste valeur. J'ai toujours pensé avoir trop de cadeaux et j'étais gêné face aux dépenses que cela engendrait. Je faisais preuve d'une avarice marquée. Encore plus prononcé quand il s'agissait de moi.

Cette cousine n'a jamais compris comment je fonctionnais mais faisait parfois preuve d'intelligence face à mes réactions. Elle a toujours considéré que j'étais différent. Elle fut marquée par les vacances que l'on passa ensemble à Saint-Cyprien. Il est vrai que l'on ne rencontre pas tous les jours un jeune qui apprend par cœur pendant toutes les vacances les questions du trivial pursuit.

Le goût de la solitude

Peu à peu, je développe ce profond goût pour la solitude. La première sensation qui me vient à l'esprit face à l'un de ces animaux désintéressés de tout ce qui l'entoure est **l'ennui**. Jamais je ne le ressens quand je suis seul. Je suis juste à côté de lui. La conversation va commencer : « Comment vas-tu ? » Je réponds « bien » par politesse. Puis vient une conversation sur le travail, la météo

59

et la politique. Peu à peu, je remonte sur mon radeau pour me réfugier sur mon île tant espérée. Je m'isole mentalement. On me pose enfin la question fatidique : « Que veux-tu faire plus tard ? » mais en moi-même une myriade de questions m'envahit. Peu à peu le corps de l'autre disparait. Il n'est plus qu'un spectre, je sombre dans le mutisme. Je me répète « vivement que je rentre chez moi pour retrouver mes compagnons, mes livres ». Jamais, il ne s'émerveillera devant l'extraordinaire phénomène de l'homochromie de la seiche. C'est cet ennui, cette mort prochaine, ce temps qui passe, qui me motiveront peu à peu de me séparer de mes semblables. Je supprime dès que je peux, réunions de famille, rencontres entre amis, repas entre connaissances et je me renferme dans mon corps. Les voyages scolaires avaient le même sort. Je me souviens d'une classe de découverte organisée en Ce2 à laquelle je ne voulais pas participer. Je préférais corriger avec mon enseignante les cahiers du jour d'une autre classe, plutôt que de découvrir le bassin d'Arcachon. Seul pourquoi pas, mais avec une classe…

Je me parle à moi-même. Un complet soliloque devient très souvent le seul type de dialogue que je peux envisager. Les autres m'apparaissent insipides, fades à

écouter.

La punition collective

Toujours avec la même enseignante. La classe, ne répondant à ses attentes. Nous récoltions une punition collective. Ecrire 500 fois la même phrase en proclamant son innocence résume au combien l'injustice de la société humaine. Celle-ci accompagnée du respect me devenait insupportable et créa très souvent en moi une violence verbale, mentale ou corporelle extrême. Je souhaitais parfois la mort de mes congénères, ne comprenant pas les principes chrétiens du pardon. Quand nous sommes conscients de ce que l'on fait, pourquoi les autres devraient-ils pardonner ? J'avais du mal de concevoir le droit à l'erreur. Cependant certains actes sont compréhensibles notamment le braquage des banques et de leurs vampires. Cette injustice forma également mon âme rebelle, de révolutionnaire. Tout me parait injuste : la société, les hommes, la vie, la mort....

Les vacances chez la grand-mère.

J'ai passé une grande partie de mes vacances scolaires chez Mémé G. une liberté indéfinissable m'était offerte où mes journées ressemblaient à celles d'un roi tyrannique. Le lever ne fut jamais contrôlé, un bon 14h de moyenne restait raisonnable. J'ai goûté à ce qu'on pourrait nommer ici : « liberté absolue ». Aucune restriction dans ce que je voulais faire. Le déjeuner se composait toujours d'un bon café et de tartines de beurre de ferme qu'on allait chercher directement chez le producteur. Ces journées passaient très vite dans une insouciante totale. Je m'évadais entièrement à travers mes lectures, mes jeux (manille découverte, dames et échecs), mes collections (timbres et couteaux) et particulièrement à travers la profusion d'histoires rocambolesques que j'étais capable de d'imaginer. Que je possède une hache et un couteau avec une lame de plusieurs dizaines de centimètres ne lui posait aucun problème. Il m'arrivait très régulièrement de ne pas manger le midi et de finir le roman que j'étais en train de lire le matin. J'essayais à chaque fois de battre mon record, neuf heures de lecture sans s'arrêter. Je me souviens parfaitement de celle d'un roman de science-fiction intitulé Le *roi des étoiles*, d'Edmond Hamilton, lu en deux jours presque sans s'arrêter.

Je participe à de nombreux voyages principalement en Belgique. Je me complais d'être le jeune par mi les vieux. Je me gorge de connaissances sur les grottes, les monuments, la première guerre mondiale, le chant lyrique mais également l'opérette. Luis Mariano et Rudy Hirigoyen me berceront de temps à autre. Je vais jusqu'à le voir en concert. Je lui parle et il me dédicace une cassette. La bande mourra dans le vieil autoradio de la Rover de mes parents, soulagés de ne plus entendre les mêmes chansons relatant les étapes importantes de la vie. Nombreuses réflexions me viennent notamment sur ce à quoi j'allais consacrer ma vie puisqu'apparemment il fallait choisir. Choix qui me semble toujours impossible. Les textes ne sont pas philosophiques, j'écoutais surtout ces chansons pour les performances vocales que je me plaisais à imiter. Tantôt, j'étais Luis Mariano, tantôt Nicole Croisille et tantôt Daniel Balavoine. J'ai toujours aimé chanter et ce fut un traumatisme marquant le jour où j'ai découvert peu à peu que mes hormones allaient changer ma voix. Je voulais garder au fond de moi ma voix de femme et je dois dire que celle-ci me manque toujours. De temps en temps je pense à cette période avec nostalgie. Loin sont derrière moi les répertoires et les spectacles de jazz du collège.

« Chanter, chanter, chanter, chanter, à la folie, il n'y a rien dans ce monde de plus beau qu'une chanson ».

Chasse en hiver

Les bottes en caoutchouc sont prêtes, nous nous préparons pour aller à la chasse en Belgique. Sivry-Rance me lie éternellement d'amitié avec la nature. Arrivés sur place par un temps très froid aux environs de moins dix degrés, nous nous cachons dans une cabane rapidement mise en place avec quelques pieds de maïs restés dans un coin du champ. Le froid nous terrassait les orteils, seul le mental nous empêchait de repartir. Nous n'étions pour ainsi dire, peu équipés pour affronter de telles températures, sans compter parfois la neige qui se joignait à nous. Nous attendions que quelques oiseaux passent sans grand intérêt pour le chasseur, mais pour l'enfant tous ces instants sont l'occasion d'observer la nature et de l'apprécier. Elle devient une alliée qui m'éloignera peu à peu des intérêts de mes semblables.

Quelques pigeons blessés par l'impact d'un seul coup de plomb puis étranglés par mon père pour leur abréger leur souffrance, un faisan poursuivi jusqu'à épuisement sont des anecdotes qui me feront à tout jamais détester la chasse et la position soi-disant supérieure de l'espèce humaine. Seul l'homme tue par plaisir de voir s'effondrer sur le sol les animaux incarnant la liberté.

Les joies de la musique « crépitante »

Moi et J. avions l'habitude d'écouter inlassablement la voix haut perchée de ce chanteur, Daniel Balavoine. Nous nous plongions dans ces notes aigues mais surtout dans ces textes bouleversants qui nous transportaient où le héros ne sait plus comment interpréter sa vie prisonnière du monde moderne dans lequel chacun d'entre nous semble se diriger. Celui-ci arrivait à un constat déplorable, sur la futilité des actions quotidiennes. J'étais déjà empli à l'âge de dix ans de cette question : « Pourquoi vivre ? ». Cette chanson n'apporte aucune solution réelle (Y'en a-t-il une ?) mais elle ouvre sur une réflexion infinie. Elle me permettait de me sentir moins seul, un dialogue était possible même si l'interlocuteur ici était fictif. Cette chanson me réveilla pendant un an, l'année de ma terminale au lycée.

Une alarme était réglée sur ma chaine-hifi achetée avec l'argent reçue lors de ma communion.

La ou les religion (s)

D'abord baptisé, la religion entre trop tôt dans ma vie. Une bonne partie de mon enfance, on m'a contraint de suivre les « cours » du catéchisme puis à faire ma communion. Consécration au combien ultime ! Peu à peu, je découvrais l'envers du décor et je tombais dans des aberrations les plus totales. Cette haine envers l'appartenance à une religion devient croissante. L'utopie que je me faisais de la vie, être libre, se réduisait ici comme une peau de chagrin. J'ai pleuré, trop souvent. Les personnes responsables de ces fameuses préparations se succédaient. J'en eus au total trois différentes : une sympathique, une hitlérienne et une névrosée. Quel bon départ pour mener à la foi !

Toutes n'avaient pas lu la bible. Leur seule lecture se résumait à une vulgaire présentation de la vie de Jésus. Incapables de distinguer le nouveau et l'ancien testament, on devait leur apprendre qui était Ponce Pilate. Aucune réponse n'était apportée à chaque question que je posais. Finalement, je résumais l'appartenance à une religion à une forme d'ignorance, de bêtise humaine et un grand manque d'intelligence. Comment peut-on se contenter d'une seule explication du monde et l'imposer aux autres ?

D'abord athée, aujourd'hui je suis sans opinion sur l'existence de Dieu. Je suis partagé entre une croyance déiste voltairienne et une conception rationaliste et scientifique du monde. Ce dieu se cache derrière ce que d'autres nomment Nature. Croire en Dieu n'est pas gênant en soi. Il permet de répondre aux mystères de la Science. Avoir une religion l'est beaucoup plus. Vision beaucoup trop réductrice du monde. Sans compter le nombre incalculable de conflits, de morts « au nom de toutes ces religions ». Croire en Dieu et être scientifique n'est pas incompatible. La Science, de toute façon, est axée sur de la croyance. Croire que le monde est immuable et que l'on va pouvoir expliquer celui-ci avec des théories, ne reste qu'une hypothèse. Se poser des questions sur l'existence de Dieu revient au fait de se demander l'origine de la matière et du monde. Soit Tout existe. Soit on croit en la théorie du chaos, duquel Dieu nous fit sortir. L'interprétation de l'univers quelle soit scientifique ou religieuse, demeure imaginaire.

La métamorphose d'un grand parent.

Comment passer de l'état de bienveillance à un comportement indicible ?

Plus les années passent et plus l'enfant devient lucide sur ce qui l'entoure. J'étais conscient que des tensions étaient sous-jacentes entre elle et ma mère, qui pourtant l'aimait comme sa propre mère. Une attitude trop souvent ingrate déchaina les passions au fur et à mesure.

Mémé G. a toujours été persuadé qu'il fallait exprimer du respect envers sa famille quelque soit les événements qui s'y passent. Un sentiment qu'elle seule partageait. Une injustice croissante laissait peu à peu des traces indélébiles. Autour d'elle, rien ne valait les « liens du sang ». Tous les autres se situaient dans un étage inférieur. Le prix d'un bifteck valait bien plus que la considération de sa belle-fille. Elle fit des choix de plus en plus inconsidérés. Elle préférait défendre un pédophile consommateur de prostituées, assoiffé de sexualité et d'inceste, que de le renier de la famille et de tâcher son image. Une conception que je n'ai jamais comprise. Enfant, je l'adulais, c'était ma seconde mère. A jamais sont gravés les recettes de cuisine, les gaufres, la découverte du café, les tartines de beurre de ferme, les voyages, les parties de jeux de dames…

Adulte, je commençais à la mépriser puis très vite à l'ignorer. Les menaces de mort envers ma mère mettent un terme à notre relation.

Le jour de sa mort, je n'ai ressenti aucun sentiment, aucune émotion. C'était une inconnue. Je comprenais pleinement le comportement tant critiqué de Meursault chez Camus. Comportement que je n'aurais jamais imaginé adopté quelques années auparavant. Je ne perds pas de temps à faire des sentiments, la vie est trop brève. Tu m'intéresses, je t'aime, tu m'ennuies ou m'agace, je t'ignore et nie ton inexistence. J'ai tendance à passer rapidement d'un état à un autre. Selon les théories de Jung, je corresponds complètement au profil

INTP (introversion, intuition, thinking, perception) .

Ici mon côté T s'exprime, je prends parfois des décisions sans sentiments.

Madame E.

« A quoi sert d'être le plus riche du cimetière? » Cette expression représente le paradoxe le plus complet car celle qui a prononcé cette phrase faisait preuve d'une avarice au plus haut point. Ce ne n'était autre que cette madame E. et toute la méchanceté qui l'accompagnait.

L'avarice est considérée comme un péché capital, ici elle n'engageait pas directement la personne qui le commettait mais plutôt provoquait autour d'elle une aura destructrice. Le mal envahissait son cœur et envahit peu à peu son entourage. D'abord son mari puis ses enfants. Tout devenait profit : la maladie, la mort, la disparition. Un grand-parent, un parent se métamorphosait vite en une somme d'argent, un héritage. Elle n'a pas hésité à mettre sa théorie très rapidement en application.

J'ai souhaité sa mort plusieurs fois, mais j'ai préféré l'ignorance, on gagne du temps.

Peu à peu elle envahit mon éducation. Elle critiquait tout : mes goûts, mon comportement, ma façon de m'habiller. Un enfant doit grandir parmi les enfants. Je passais à l'époque beaucoup de temps à jouer

au scrabble, aux échecs, aux cartes, à

la belote, à la manille, à la manille

découverte, au tarot, à faire des

concours de culture générale

notamment sur Victor Hugo. « Il

passe beaucoup trop de temps avec

ces vieux du club troisième âge, il va

devenir fou », « il n'a pas de copain

de son âge ? », « Je ne comprends pas

pourquoi il veut faire de la danse

classique, il finira homosexuel » « il

passe trop de temps à lire, il faut qu'il sorte » Que peut apporter une personne âgée à un enfant de 10 ans ? Bien plus que les enfants de sa classe, j'en étais persuadé.

Préférer les livres, la musique et la danse aux femmes est anormal. Vouloir vivre dans la solitude est également anormal.

La danse classique

Danse, vas-y danse, disait Tatiana. Exprimer des sentiments avec mon corps m'a toujours intéressé et fasciné. Pourquoi la danse classique ? Tout simplement pour mieux comprendre et mieux exprimer mes émotions face aux grands classiques de la musique. Il m'arrivait régulièrement d'écouter en cachette ces morceaux, caché dans mon lit, sous mes draps, peur que l'on me prenne encore pour un fou. Ces morceaux n'avaient rien de scandaleux mais ne participaient pas à ce que l'on doit être à 11 ans selon la société et selon Madame E. par la même occasion. Son avis sur mes activités et mes gouts m'ont toujours dérangé car elle faisait preuve d'une grande incompréhension et d'un mépris. Interrogations qui arrivaient jusqu'aux oreilles de mes parents. Je fus considéré comme homosexuel jusque l'âge de vingt et un ans. Un jeune doit s'intéresser aux filles et il lui en est interdit de faire autrement. La danse est d'ailleurs l'un des signes qui classe une personne dans la catégorie des homosexuels. Madame E. se donnait à cœur joie de me le répéter. Je ne me lassais pourtant pas d'écouter sans cesse l'œuvre bouleversante de Smetana, *La Moldau,* morceau qui me procurait un sentiment étrange, indicible. Jamais je n'ai ressenti ce sentiment avec la même force qu'avec celui-ci. La musique me faisait quitter notre planète pour quelques temps et j'éprouvais parfois des difficultés à redescendre.

Enfance et journées de pêche

Tous les jours en revenant de l'école et surtout pendant les vacances scolaires, je pris l'habitude d'aller à la pêche, dans le fleuve de mon enfance, la Meuse. Je me plongeais entièrement dans les remous de cette eau. La pluie devenait un compagnon de voyage chaleureux et perturbait à chaque fois mes pensées, rythmées par le bruit qu'elle émettait lorsqu'elle tombait sur mes vêtements. Ce que j'aimais le plus, c'était aller à la pêche sous une pluie torrentielle. Le plus beau jour fut de sortir de ce fleuve, tel un miracle, un sandre de 82 centimètres. La seconde et la troisième ligne se brisèrent. Mon imagination débordante me laissait croire qu'il il y avait au bout un monstre de plusieurs mètres qui s'amusait à briser mon fil dès qu'il l'apercevait. Mon amour pour la nature peut paraitre en contradiction avec cette activité. Je distincte très nettement les sensations de la chasse et de la pêche. La pêche n'est pour moi qu'un moyen, certes critiquable, d'apercevoir les animaux. C'est au aussi un moyen de se sentir proche de la nature et ce que je recherchais le plus. J'abhorre la chasse et tout ce qui en découle. J'étais loin de m'imaginer le stress dans lequel était ma mère qui m'attendait. Orage et canne en carbone ne font pas bon

ménage.

<u>Achat d'un dictionnaire. Le petit</u>

<u>Larousse illustré 1996.</u>

La caissière nous fixait avec un regard empli d'un mépris incommensurable. Une mère, censée apportée de l'amour et de la compréhension achète à son fils un dictionnaire pour La Noel. Que de critiques entendons-nous ! « Vous devriez avoir honte ! » retentit comme une dernière remarque faisant référence à l'acte qui détruisit à toute jamais l'innocence de l'enfance. Elle n'a en réalité rien saisi de toutes les difficultés qui parcouraient mon être. Et oui, je rêvais de poser ce livre magique, telle une bible tous les jours près de mon oreiller. J'entrepris l'exercice de l'apprendre par cœur. Je le lis, le relis tous les soirs pendant plus de cinq ans jusqu'à ce que cela s'imprime. Réalisant l'entreprise pharaonique dans laquelle je m'étais jeté, et ayant surtout beaucoup moins de temps, je me suis peu à peu contenté d'apprendre la liste de tous les animaux y figurant. Certains sont restés gravés tels des trésors de complexité : archéoptérix, babiroussa, dik-dik, xylocope, zygène, wapiti…

Le premier but de cet apprentissage était de gagner à un jeu appelé « le petit bac ». J. et moi préparions des listes afin de toujours gagner contre la pauvre voisine qui n'avait malheureusement aucune chance.

Cet apprentissage dépassa de loin le simple fait de gagner mais devient une **raison de vivre**. Apprendre toujours de nouveau ; augmenter ses connaissances tous les jours dans tous les domaines sauf ceux cités précédemment, peut-être y viendrais-je un jour mais le temps nous est compté, il faut bien évidemment faire des choix en fonction de nos préférences.

La culture et le désir d'apprendre

J'ai toujours aimé apprendre, acquérir de nouvelles connaissances, et je caresse chaque jour le rêve d'enfant de tout savoir. Je crois sincèrement que la seule chose qui me maintienne en vie est ce désir de tout connaitre. Ce mode de vie ne s'est jamais éloigné et cause à la fois le plus grand des bonheurs et des malheurs. Toute ma vie est centrée sur ce désir perpétuel de créer, de chercher, de voir, de sentir, de toucher, de posséder l'utile (quoiqu'il ne soit pas nécessaire en soi), de penser, de remettre en cause. **Je suis un artiste philosophe et désire de ne pas avoir d'opinions mais des arguments.** Chaque nouvelle épreuve est une nouvelle expérience qui nous éloigne ou nous rapproche de la vérité tant cherchée.

Ma première année de lycée

Ma femme me répète sans doute trop souvent que je suis hors du commun et que l'on aurait dû repérer ma **précocité** pendant mon enfance. D'autres parlent de surdoués, de **douance**[1], de haut potentiel Je suis trop modeste et n'ai pas assez confiance en moi pour me lancer dans de plus longues recherches.

---

[1] Voir self-test de Rocamora en troisième partie.

J'aurais pu mettre des mots plus tôt sur ce qui me perturbe au plus profond de moi. Il est vrai que celle-ci résout bien des mystères : Cette sensation de différence, mes années de dépression, l'abandon de ma première année d'étude, cette sensation permanente de tout analyser, ce goût pour la solitude et la différence, cette rébellion envers l'humanité, cette soif de connaissances maladive, ce désir de tout intellectualiser, ce sentiment de décalage avec autrui.

Cette année fut difficile. Les autres camarades me semblent inexistants. C'est le début d'une lente descente aux enfers.

Ils ne sont que synonyme de souffrances. Les moqueries foisonnent. On me raquette mes devoirs. On me vole mes travaux, on se met à côté de moi pour tricher. Je n'ai aucune réaction. Je me renferme sur moi-même. Je deviens en contrepartie mentalement très violent. Je n'accepte plus rien. Un être isolé est plus facile à abattre. Seules deux filles me parlent sans me mépriser. L'une amoureuse de moi. L'autre sera actrice d'une tragédie sociale. Cécile Saison est l'une des victimes de Michel Fourniret.

Mes parents s'inquiètent, ils me conduisent chez le docteur. « Quels sont les symptômes ? », « Il est toujours triste, ne parle pas de suicide mais y pense sans doute. », notre cher médecin de famille n'y fera rien. Il m'ouvrira un peu plus à la culture, préférant de loin sa compagnie à celle des misérables, des vermines qui constituaient ma classe.

Il me prêta ce jour-là, et je l'en remercie encore quelques livres de Science-fiction de sa bibliothèque. Cette ouverture se concrétisera quelques années plus tard à l'écriture

d'un mémoire en master. Là encore

le sujet choisi est révélateur : la fin de

l'homme.

Mon année de terminale

Le seul souvenir marquant qu'il me reste de cette année est l'apprentissage de l'arabe. Les autres ne sont qu'interrogations métaphysiques et de temps et en temps sur la constitution de l'avenir.

L'étonnement philosophique

Bien des personnes ne s'étonnent plus ou pas du tout de ce qui les entoure. De la vie quotidienne, du fait que nous soyons des animaux qui font des choses bien étranges en regard de la nature à laquelle ils ne semblent plus appartenir. Il m'arrive souvent de faire cette expérience : **je sors de mon corps et j'observe.** Ils parlent de politique, d'économie, de travail, de mode, de poussettes, de tablettes, de télévision, de téléphone

portable.

Où se situe la vanité ?

Rien ne semble les étonner,

beaucoup acceptent sans la moindre

révolte le fait de vivre en société et

d'avoir besoin des autres. Où est

l'autonomie ?

La capacité de faire les choses par

soi-même. Ils semblent oublier leurs

origines et même les dénigrer. Le

corps s'efface pour laisser place à une tragédie sociale. Il est aberrant de dire : « nous avons besoin de » car nous pouvons nous passer de TOUTE MATERIALITE sans aller contre nos besoins vitaux qui sont finalement très limités et sans perdre l'essence de la vie. Elle est ailleurs, elle est dans l'impalpable. Tous les jours nous entendons des aberrations :

- Nous avons besoin des riches

- Nous avons besoin des hommes politiques sans lesquels nous pourrions vivre !?!
- Nous avons besoin des entreprises
- La société progresse !

Changer radicalement de monde, de vie n'est pas impossible mais il est bientôt ou déjà trop tard. Je m'observe, je sors de mon corps et mentalement je me dis, je suis un animal. J'observe les autres et j'éprouve une sensation étrange. J'observe l'Homme et je m'étonne de leurs actions. Le « Pourquoi » énigmatique revient et me hante. Je remets en cause en permanence le but de la vie.

Les études à l'université

A quoi servent-elles ? Doit-on aller à l'école ?

Une question qui en elle-même est philosophique puisque de manière inconsciente, l'on recherche une utilité à tout ce qui ennuie ou nous apparait abstrait mais pas aux objets que l'on utilise. L'école pour ceux qui y ont accès est une longue période de la vie et sans doute la plus marquante.

Tout semble orienté vers l'utile alors que rien de ce que nous faisons ne le parait. A quoi sert d'être capable de reconnaitre un complément circonstanciel quand on veut être plombier ?

Ce genre d'exemples est innombrable.

Beaucoup d'élèves et d'adultes se demandent l'intérêt de certains sujets du programme scolaire comme les célèbres théorèmes de Thalès et de Pythagore. Et pourtant, chaque notion semble être un tremplin. « L'école creuse-t-elle les écarts et les inégalités ? »

« A quoi servent ces notions ? » est une mauvaise question si l'on pense à un but pratique immédiat ou plongé dans un futur proche. Toutes ces notions ne préparent pas à un métier mais sont des portes pour d'autres sujets, plus vastes et plus complexes.

On relève trop souvent cette **fainéantise intellectuelle qui caractérise la majorité des hommes**, ce pragmatisme derrière chaque exercice. Cela ne permet pas de les résoudre. Il m'arrive parfois de croire en l'homme, de m'inventer des statistiques pour me donner un dernier espoir. **95 % des hommes**

valent peu. Ils font preuve d'une bêtise, d'une ignorance. Comme diraient certains psychologues, « ils ne passent jamais par la phase d'intellectualisation ». Ils préfèrent détruire le monde, trop occupés de leur égoïsme croissant.

Pour finir, je m'orientais vers des études de médecine et surtout vers un statut idéal et complètement **imaginaire**, celui du savant touchant à tous les domaines.

Cloitré, seul, coupé du monde, dans une bibliothèque et étudiant sans manger, sans boire, et sans dormir. Peu importe le salaire, je n'imaginais même pas gagner de l'argent. Puis peu à peu, même la bibliothèque devenait trop humaine. Je rêvais d'évasion. J'ai même pensé à vivre dans une grotte pendant quelques temps.

Evolution de la société

Le progrès existe-t-il ?

Portable, Internet, Facebook…

L'Homme a tendance à transformer tout objet utile en futile. Tout devient « argent ». Il est aliéné.

Les objets sont détournés de leur utilisation principale. Un téléphone portable devient un appareil-photo. Un appareil-photo devient une caméra. Aucune recherche de qualité, seule un côté pratique qui donne l'illusion de cette qualité. Selon une dernière étude le reflex va disparaitre. Tous ces calculs coûtent de l'argent et ne sont qu'aberrations. Ils ne servent qu'à confirmer l'opinion de ceux qui achètent et qui pensent que le progrès existe. Je ne prendrais comme seul exemple, celui de l'informatique, ce qui est commercialisé aujourd'hui a été inventé il y a bien longtemps mais ne sera commercialisé que dans quelques années. C'est la loi du commerce, il est préférable de vendre progressivement plutôt que de tout de suite atteindre la perfection. Ce schéma se calque sur tout. Le marché se calque sur la majorité. La majorité étant peu intéressante. Le commerce devient lui aussi inintéressant cher et fragile.

Tout comme dans la politique, la qualité et le profit me semblent incompatibles. Rousseau dira dans *Le Contrat social* : « C'est le tracas du commerce et des arts, c'est l'avide intérêt du gain, c'est la mollesse et l'amour des commodités, qui changent les services personnels en argent. On cède une partie de son profit pour l'augmenter à son aise. Donnez de l'argent, et bientôt vous aurez des fers. Ce mot de Finance est un mot d'esclave ; il est inconnu dans la cité. Dans un État vraiment libre les citoyens font tout avec leurs bras et rien avec de l'argent : loin de payer pour s'exempter de leurs devoirs, ils paieraient pour les remplir eux-mêmes. Je suis bien loin des idées communes ; je crois les corvées moins contraires à la liberté que les taxes. »

La rencontre avec J.J. Rousseau

C'est le point de départ de mon goût si profond pour la solitude mais aussi pour la nature à qui je voue un culte qui dépasse bien évidemment celui que je pourrais donner à l'humanité. Je préfère de loin la compagnie d'un moineau que celle d'un homme peu intéressant. Quelques hommes valent sans doute la peine qu'on s'y intéresse mais si peu, un pourcentage infime. L'Homme civilisé a perdu son essence et ne semble pas être prêt à la recouvrir.

Il se positionne en tant qu'animal supérieur alors qu'il détruit tout sur son passage en commençant par son intelligence. Il écrase, il pilonne, déforeste, pollue, cultive sans limite, supprime tout espace sauvage et essaie de nous présenter sa bienveillance. **Il faut absolument remettre en cause l'échelle des êtres. L'Homme n'est pas** supérieur aux autres animaux et ne le sera jamais. Il n'a pas plus d'importance qu'un scarabée au sein de la nature et chez moi. De plus, il donne de nombreux signes d'infériorités. Sa créativité est-elle un signe d'intelligence ? Il n'est plus capable de vivre en harmonie avec la nature et ne l'a peut-être jamais été. Le mythe de l'âge d'or semble obsolète.

Nécessité du travail, réflexion récurrente en classe de terminale

L'expérience nourrit parfois abusivement la réflexion, la pensée, le ressenti. Nous nous pencherons ici sur la notion du travail. Est-il utile ? Permet-il d'accéder à la liberté ? Les avis divergent. Certains y voient une nécessité absolue. Le but étant d'acquérir de l'argent pour pouvoir se munir d'objets ou accéder à des services et de vivre. Cette notion

138

d'absolue est cependant à remettre en cause. L'on remarque aisément le poids, la pression et surtout le mépris extrême qu'ont ceux qui travaillent sur ceux qui ne travaillent pas. En quoi est-on obligé de travailler pour une société si l'on considère que tout ce qu'elle peut nous apporter est inutile ? Peut-on vivre sans travailler ?

D'autres y voient au contraire une utilité et copient les modèles environnants. Je n'ai jamais compris ce désir de ressembler aux autres. La copie et le plagiat appauvrissent notre conception de la vie. Coller le plus proche à mes idées, a toujours été un but dans ma vie, encore faut-il réfléchir. D'autres y recherchent un aspect pratique. Est-il utile d'avoir un logement, des vêtements, des chaussures, une télévision, un ordinateur … ? Jusqu'où finalement s'arrête l'utile ? Certains peuples se passent de tout ou presque. Et c'est avec cette comparaison que débute la réflexion. Il est cependant de plus en plus difficile de se passer de la société. Le système dans lequel nous sommes est un piège dont il semble impossible de sortir. Qu'arrive-t-il à celui qui veut vivre dans la nature ? Tout est organisé pour que cela ne soit pas possible de commencer.

<u>Des projets professionnels ou personnels très divers : voici toutes les étapes par lesquelles je suis passé :</u>

- Astronaute

- Vétérinaire

- Médecin sans frontières

- Médecin généraliste

- Médecin spécialiste

- Gynécologue

- Danseur classique

- Psychiatre

- Chanteur populaire

- Acteur

- Moine et ermite

- Philosophe

- Musicien

- Poète

- Chercheur en astrophysique

- Ingénieur agronome

- Primatologue

- Océanologue

- Professeur des écoles

- Maitre de conférences en littérature de science-fiction

- Explorateur

- Navigateur

- Animateur nature

- Ornithologue

- Peintre, dessinateur

- Photographe

- Photographe animalier

Chaque projet s'allume mais ne s'éteint pas. Je rêve toujours d'un monde où je pourrais tous les exploiter. Ils ne reflètent en réalité que toutes les aspirations et centres d'intérêts que j'ai. La liste n'est pas exhaustive et sera un jour complétée.

Mort intellectuelle

Je meurs et je renais tel un phénix, dans les bras D'Inès. Si je n'avais pas rencontré la philosophie puis l'amour, je ne serais sans doute plus de ce monde. Personne ne pouvant m'offrir le bonheur espéré. Je sombre peu à peu dans la dépression de 1998 à 2002.

Je meurs en 2002 et renait progressivement avec mes fêlures qui sont à tout jamais enfouies dans ma chair. Cette passion, cette soif de découverte ne me quitte plus et guide chacun de mes pas. Je suis plus fort qu'auparavant et je ferais tout pour atteindre mes buts.

Notes personnelles

<u>DEUXIEME PARTIE</u>

631 138 519 secondes-

946 707 779 secondes

Préface

Le second tome ne nait que par l'envie de me souvenir et peut-être moins l'envie de réfléchir. Il sera donc plus proche de mémoires que d'une réelle réflexion philosophique. Cependant celles-ci sont indissociables des autres.

La première année de mes études

Peu de temps avant d'obtenir mon baccalauréat, je me suis décidé d'entamer des études de médecine à Lille. J'ai toujours été fasciné par les mystères du vivant et de la biologie. J'ai parfois hésité entre vétérinaire et médecin. Les animaux m'intéressent plus que la majorité des humains. Le médecin, représentant ce statut de connaissances aujourd'hui, je me suis dit « c'est pour moi ». Mes parents m'ont souvent répété, « nous nous sommes sacrifiés pour toi », « nous sommes venus dans le Nord uniquement pour que tu puisses faire tes études ». J'ai toujours entendu cette phrase comme un reproche, oubliant d'autres critères comme le rapprochement de ma grand-mère et de mon oncle, mon père étant originaire du Nord.

Une fois installé dans une modique chambre d'étudiant de 11 mètres carrés chez un particulier dans un quartier malfamé de Lille-Sud, une longue série d'hésitations, de changements d'horizons, de décisions m'ont traversé sans jamais réellement me quitter.

Pourquoi « médecine » ? J'ai toujours eu l'âme d'un savant. Je rêvais de parcourir le monde et de m'enfermer le plus souvent possible dans un laboratoire, une bibliothèque, seul, essayant de découvrir des choses jusqu'alors encore inconnues. Le métier de médecin me semblait donc convenir au mieux. J'étais déjà dans l'optique d'un travail-passion. Cette première année fut difficile à concilier tant les idées noires m'envahissaient. Je décroche peu à peu malgré de très bons résultats, je suis dans le groupe B le premier semestre, me donnant toutes mes chances de réussir le concours.

Cependant je n'assiste plus aux cours et préfère me répéter sans cesse : « Que vais-je faire de ma vie ? ». Jamais je ne pouvais imaginer que choisir un métier pouvait être temporaire tellement la société nous le répète : « il faut travailler toute sa vie et choisir un seul métier et bien le choisir en fonction de la conjecture actuelle ». Il n'était pas question d'être chanteur, écrivain, poète ou artiste ou encore chercheur. Banni de ton vocabulaire, le mot « savant ».

Ces gens-là sont inutiles.

La deuxième année à l'université, études de philosophie

Je me décide brusquement de changer ce cap. Je m'engage dans des études de philosophie à L'université de Lille III. Quel est le but de ce changement ? Changer de vie. Peu à peu, je recherche toujours et plus encore l'aspect intellectuel des choses. Je rationnalise. Le métier de médecin m'apparaissait alors trop concret. Voir des patients sans intérêts à longueur de journée m'ennuyait déjà avant même de le faire. Je les imaginais me demandant de renouveler leur ordonnance, insistant lourdement pour avoir des antibiotiques, totalement inutiles pour le diagnostic établi. « Docteur, guérissez-moi, et donnez-moi des médicaments », « Qu'est-ce que vous avez pour... ? » Qu'est-ce que vous avez contre la... ? ». Le médicament apparait comme un remède miracle résolvant tous les problèmes. Aucun patient ne me dirait « docteur, c'est quoi la tératologie et l'embryologie ? ». Oui, je sais, j'en demande trop, il faut être réaliste et ne pas vivre dans une utopie. C'est cet état abusif qui me fera tomber peu à peu dans la dépression. Je rêve d'un monde imaginaire dans lequel je pourrais assouvir tous mes désirs de connaissances. Je ne m'imaginais pas soigner mais découvrir et apprendre en premier lieu. Je dois avouer également, que mon complexe d'infériorité et la peur de l'échec me freinaient souvent. Les étudiants de philosophie me confirment mes opinions sur l'homme. Il est trop souvent inintéressant. Ils débattent sur des sujets abjects fondés sur des théories fumeuses. L'une d'entre-elles me dira « si tu n'aimes pas le film *Amélie Poulain*, tu n'es pas littéraire». Je n'ai toujours pas saisi le lien. Les littéraires doivent être sensibles, niais et candides selon elle. J'appris plus tard qu'elle reprenait les arguments de sa mère, enseignante en français dans un collège lillois. Ceci ternit ma vague opinion que je peux avoir aujourd'hui des enseignants, trop souvent inintéressants comme le reste de la population. Là encore, quelle déception.

La troisième année, études de médecine

Malgré ces idées, je me raccroche encore au souhait de devenir savant. Oubliant malencontreusement que ce statut n'existe pas, c'est un métier inutile et impossible à réaliser dans l'époque actuelle. Il reste un fantasme à jamais ancré. Je m'imagine très souvent à la place de Léonard de Vinci ou encore Zhang Heng. Multipliant les tâches personnelles. La question du temps se pose. Quel est le nombre d'heures que je consacre à chaque activité, à une potentielle vie de famille, au sport, à voir autrui ? Tout ceci crée son caractère. Il n'est pas très étonnant que Nietzsche développe une théorie sur l'égoïsme qui sera sans doute l'avenir de l'homme. Profiter du temps, veut dire aussi du temps seul. Le sommeil, je l'avais oublié. Plus de vingt ans à dormir, je me révoltais contre mon corps incompatible avec ma pensée. Pendant plusieurs années, je me fais les mêmes réflexions et je n'accepte pas cette contrainte. Tout est une question d'acceptation, de stoïcisme. Facile à dire.

La quatrième année, étude de lettres modernes

Perdu au milieu de mon imaginaire, j'errais dans les rues de Lille vêtu de mon manteau en loden vert et du cartable en cuir que j'avais acheté pour ma rentrée en sixième. Jamais je n'aurais imaginé faire basculer le cours de ma vie en m'inscrivant pour la nième fois à l'université et pour découvrir, encore une fois, de nouvelles connaissances sans jamais penser à l'amour, qui est peut-être finalement le sentiment qui mettra fin à une partie de mes souffrances ; je n'étais plus seul. Mes parents essaient encore de me comprendre mais je suis dans un autre monde parallèle. Ils font leur possible. Ils se sont forgés avec le temps une ouverture d'esprit à toutes épreuves en ce qui me concerne mais je resterai à tout jamais une énigme.

Rencontre avec Inès

Telle Nadja, Nusch, Laure, elle s'adresse à moi comme une muse. Non pas pour écrire de la littérature, au départ, mais plutôt pour écrire ma vie, l'imaginer, envisager un futur sans le noircir. Cette rencontre se fit par le plus simple des hasards.

Suivant tous les deux les mêmes études, l'université était pour moi avant tout un lieu de découverte. Les premières questions furent brèves et ambigües. De mon côté, je me disais qu'il existait peut-être une personne intéressante sur cette planète et que je l'avais peut-être rencontrée. Nous nous posions mutuellement quelques questions sur ce qui nous intéressait. Etant donné le nombre incalculable de sujets sur lesquels je me penchais, nous devions avoir forcément un point commun. Ce fut d'abord la musique et plus précisément la chanson et la guitare. Je rêvais d'apprendre à jouer d'un instrument et de devenir chanteur. Je consacrais un nom incalculable d'heures à m'époumoner dans ma flute à bec alto. Les heures de chants sont encore plus nombreuses.

Je ne pourrais pas appeler cela un coup de foudre de mon côté, du sien sans doute. Elle ne savait pas encore à qui elle avait affaire. J'étais encore trop fragile psychologiquement pour espérer ou même envisager une quelconque relation et encore moins amoureuse. Nous échangions quelques mots puis un baiser, ce fut bref. J'avais à l'époque dans ma chambre d'étudiant quelques rongeurs, notamment des souris qui envahissaient les lieux et m'empêchaient de dormir. Une nuit je me décide de les supprimer. Vers trois heures du matin, alors qu'elle était en train de manger le plastique de mon sac poubelle, j'essaie de la coincer pour l'empêcher de rentrer rejoindre ses camarades, sans succès. Quelques minutes plus tard, elle réapparait. Mon amour pour les êtres vivants et mon hypersensibilité m'envahissent. Impossible de tuer cette souris ! Je me contente de la regarder et je dois avouer qu'elle dégageait une grande beauté et une innocence toute particulière. J'avais envie de lui manifester mon émotion et de l'embrasser. Je racontais cette anecdote à Inès qui à la fin me rétorqua « je dois donc me déguiser en souris ». Les rongeurs faisaient alors naitre l'amour. Nous concrétiserons ce gout pour la musique dans une chanson chantée en duo et enregistrée par un ingénieur du son, ancien camarade de lycée d'Inès. Malgré ma dépression et mes doutes, elle resta à côté de moi.

Première location

Nous sommes en plein quartier Lille-Sud dont les a priori sont nombreux. La vieille prioritaire était d'une avarice flagrante mais son attitude nous servait souvent de sujet de conversation, original et humoristique. Très souvent les « nouvelles » ampoules qu'elle nous donnait pour remplacer celles qui grillaient avaient une espérance de vie très limitée, parfois quelques

173

jours. L'installation électrique de la maison était juste fonctionnelle.

Peu à peu les conflits naissent et atteignent des aberrations. Elle compte le nombre de fois que j'allume la lumière dans le couloir, vérifie mon emploi du temps, nous empêche de ramener nos appareils électriques jusqu'à nous limiter l'électricité. Elle nous propose un four et un réfrigérateur collectifs. Je n'ai qu'un poste-radio, un réfrigérateur et un four micro-ondes.

Le long du mur se développa un magnifique champignon à chapeau translucide. Nous lui montrâmes, elle poussa un cri aigu en nous demandant : « C'est quoi ? ». Elle finit par comprendre mais aucune réaction ne fut faite. Je ne paye pas le dernier loyer et cela me mènera au tribunal de police. Les juges sont impartiaux, ils reconnaissent la négligence du propriétaire mais je dois tout de même payer. Où sont la

justice et la logique?

Vivre à quatre

Moi et Inès avons vécu quelques années dans une chambre de dix mètres carrés chez sa mère. Nous nous contentions de peu d'espace, moi travaillant sur un petit bureau et Inès dans le lit qui servait à la fois de canapé pour regarder des films, de bureau, de lieu pour manger et bien évidemment de lieu de repos. Le lit devient alors un objet incontournable, symbolique et

177

tellement multifonctionnel. Nous gardions cette habitude très longtemps, au moins jusqu'à la naissance d'Ulysse. Nous nous rendons vite compte du peu de pratique de celle-ci. Nous écoutions parfois des heures entières nos chanteurs préférés tels que Aznavour et Reggiani. Je lui fis découvrir la variété française et elle de son côté m'ouvre à la variété internationale. Ne pas comprendre immédiatement les paroles a parfois

tendance à me frustrer.

Un seul chemin : le voyage

La vie en société est difficile voire impossible, nous recherchions peu à peu l'évasion. ans un premier temps, nous ne travaillons que pour voyager. Nos souvenirs sont forts et nombreux. Le voyage devient l'école de la vie, comme certains ne nommeraient. Nous abhorrons le tourisme qui gâchent et détruit tout. Rendent à la fois des lieux accessibles tout en les dénaturant et en rendant parfois insupportables. Quand on est adepte des étendues et des lieux sauvages, il faut chercher à s'éloigner de toutes activités humaines et c'est là toute la difficulté.

Je ne développerai ici qu'un seul exemple : Budapest. Avec peu d'argent, nous voulions aller loin. Nous nous décidions de visiter toutes les capitales d'Europe. Nous mettons rapidement de côté celles réservées aux riches. La Hongrie nous sembla alors une très bonne idée. Nous nous régalions des balades à travers cette capitale sans compter la fatigue qui s'était accumulée au cours d'un périlleux voyage en bus de plusieurs dizaines d'heures, avec une température excédant les 25 degrés. Nous ne calculions pas nos dépenses, nous partons avec dix euros sur notre compte bancaire. Les billets étaient déjà payés. En revenant, il nous restait encore de l'argent. C'est à partir de ce moment que nous nous faisions la réflexion : « Nous sommes des voyageurs et non des touristes ». Le voyageur contrairement au tourisme ne sait pas s'il va revenir chez lui. Il trouvera peut-être dans l'ailleurs ce qu'il cherchait chez lui. Il ne fait pas preuve de chauvinisme. Il ne dira jamais : « La France est le plus beau des pays » sans pour autant ne pas reconnaitre sa valeur et sa beauté. Il essaiera de voir les choses objectivement. Nous savons aujourd'hui que nous préférions vivre dans milieu montagnard.

Voyager en Espagne coûte que coûte

La première fois que nous partions en Espagne, ce fut avec un ami, Laurent avec lequel nous étions déjà partis très agréablement dans les gorges du Verdon. La seconde expérience et cette fois-ci en Andalousie fut radicalement différente.

Nous partagions le trajet avec ce qu'on aurait pu appeler à l'époque, un « ami ». Nous partions avec une seule voiture de cinq places, que nous conduisions à tour de rôle pour nous reposer mutuellement.

Tout semblait se dérouler dans l'ordre mais peu à peu nous ressentions un malaise, une réelle crise. Une multitude d'inconvénients surgissaient et faisaient jour. Nous étions partis avec un personnage romanesque !

La réalité dépasse souvent la fiction.

Nous nous rendions vite que « l'ami » en questions n'avait aucune autonomie. Une longue série d'expériences quotidiennes devenaient à chaque fois un nouveau chapitre nouveau.

Sur sa demande, Inès lui coupe les ongles. Sa réaction fut des plus enfantines. Il expirait fortement à chaque morceau qui tombait. Sa réaction nous étonna peu mais ce signe aurait du nous mettre la puce à l'oreille.

Il enchaina les expériences du haut de ses vingt sept ans: il se douche tout habillé ou avec ses chaussures, se coupe l'oreille en se rasant, perd plusieurs fois ses bijoux dans l'évier, n'est pas capable d'aller tout seul aux toilettes sur les aires de repos sinon il ne peut pas revenir près de la voiture. Il faut l'accompagner dans toutes les tâches. Il n'a aucun sens de l'orientation et ceci rend la conduite très difficile et dangereuse. Il tente de faire la lessive de ses sous-vêtements mais cela ne le dérange pas de les nettoyer dans le bac de la vaisselle avec les oignons et les pommes de terre écrasées de la veille. Il pleure, telle un enfant dès que quelque chose le dérange. Pour lui faire plaisir nous l'amenons dans un parc d'attractions. Il nous répétait qu'il aimait les sensations fortes. Il avait oublié de nous dire que c'était la première fois qu'il montait dans un manège. Il se mit encore une fois à pleurer. Il préférait simuler un malaise plutôt que de nous dire qu'il était fatigué et se claqua la tête contre un mur.

Nous découvrîmes également que même le goût, il ne le possédait pas. Il nous répétait sans cesse « C'est à se taper le cul par terre » pour des aliments premier prix sans aucune saveur. Adepte de tous les fast-foods imaginables.

Il découvrit également l'hygiène et osa me poser des questions intimes dont l'énigmatique: « Tu te laves régulièrement le gland ? ». Que lui répondre sans le vexer ?

A tout ceci venait s'ajouter des problèmes de voisinage du premier camping à Céret. Nous étions à côté d'un autre personnage. Celui-ci était tatoué d'un hameçon en dessous de l'œil. Il nous menaça de brûler notre tente en pleine nuit. J'avais eu le malheur de lui demander de baisser le volume de son lecteur DVD. Il préférait siroter de la Jenlain en nous insultant et n'avait pas peur de retourner en prison comme le disait sa femme : « déconne-pas tu es déjà allé en taule pour ça pendant trois ans. ».

Pourquoi ?

Aurait-il été éduqué comme sa sœur, porteuse d'un lourd handicap psychomoteur ?

Serait-il atteint du syndrome du x fragile ? Cela me semble peu probable mais il y a néanmoins des similitudes. Elles sont cependant peu nombreuses.

Nous n'avons plus de nouvelles. Nous l'évitions par peur d'être envahis. Nous ne pouvions pas nous permettre de nous occuper de lui à plein temps. L'égoïsme est parfois indispensable à la survie.

Nietzsche, dans son autobiographie originale intitulée *Ecce homo* développera en 1888 l'idée que : « ces choses mineures – alimentation, lieu, climat, délassements, toute la casuistique de l'égoïsme – sont infiniment plus importantes que tout ce que l'on a jusqu'à   présent   tenu   pour

important.».

Nous   renforcions   encore

aujourd'hui, moi et ma femme, notre

égoïsme et notre solitude, nos

rencontres se limitent à quelques

unes au cours d'une année.

Centre de vacances à Méaudre

J'ai toujours voulu être animateur sans réellement sauter le pas et passer le diplôme du BAFA. Ici s'exprime encore mon complexe d'infériorité. Inès m'a fait réfléchir et surtout m'a donné confiance en moi.

Lors de mon stage de base pour devenir animateur, je fus recruté directement par l'un des formateurs avec lequel je m'entendais bien et ayant repéré mon goût pour le chant et la musique. Lui-même, chanteur lyrique. Quelques heures de préparation avec l'équipe où il nous expose ses idées et surtout le fait qu'il a peu d'argent à consacrer dans les activités. Le départ tant attendu se fera de Douai à deux heures du matin avec un enseignant de la même région. C'est le début d'un long périple. Je deviens alors animateur stagiaire, assistant sanitaire, conducteur et sous-directeur.

Ne reconduisant que depuis quelques mois, par manque de confiance en moi, je pris seul une longue partie du trajet la camionnette dans les Alpes et dans le Vercors ayant pour seul guide, le plan du *Guide la route*. Arrivé vers 21 heures à l'établissement, je fus accueilli par le cuisinier du séjour. Celui-ci me semblait agréable. On apprit par la suite qu'il battait sa femme et détestait la gente féminine. Cette rencontre donna un ton au séjour. Ile me proposa, après avoir fait le tour du bâtiment, de visiter la chambre froide pour me faire un repas. Mon imagination débordante commença à travailler.

Le lendemain, je rejoins mes collègues. Je leur demande alors : « Comment s'est déroulé votre voyage ? ». On me répond : « tu vas découvrir par toi-même ». Le groupe était constitué de trente cinq enfants tous issus de milieux défavorisés sauf un dont le père était boulanger.

Le reste est digne d'un roman d'épouvante teinté d'étrange. Ils multipliaient la violence et les actes extrêmes dont voici une liste indicative :

- Quarante deux fugues et vingt neuf tentatives de suicide (ils essayaient de se pendre avec leurs pulls qu'il fallait donc confisquer et s'ouvraient les veines avec des couverts dérobés à la cantine).

- Nombreuses bagarres dont deux finissent aux urgences (crâne ouvert par une pierre qui méritera cinq points de suture. Une autre se conclura par une mâchoire déplacée, deux dents cassées et une perte de connaissance.

- Certains marchaient sur les toits
  la nuit pendant que d'autres
  essayaient de les faire tomber à
  leur valise

D'autres épisodes étaient d'un tout
autre genre. Un enfant de six ans
gardait dans sa gourde en secret des
vers de terre et des sauterelles.
Ceux-ci devenaient un spectacle
pour les autres enfants qui le
regardaient se régaler avec ces mets

de choix. « Plein de protéines »
aurait-il pu leur dire.

« Harry Potter », on le surnommait
car une avait une cicatrice au front a
du être maitrisé pendant quarante
cinq minutes car il voulait tuer son
voisin d'en face. Peu pudique et
spécialiste des concours de
« branlette » selon lui, montrait son
sexe à tout le monde.

Tandis que d'autres étaient attendus par les gendarmes pour avoir jeté des briques sur des pare-brises du haut d'un pont au dessus d'une autoroute.

Les poux furent nos amis pendant trois longues semaines sans repos. Le seul jour que j'ai eu, je l'ai donné à une mes collègues fatiguée et épileptique.

Ceci n'est qu'un bref résumé des éléments les plus marquants.

Trouver un logis

Le statut de contractuel n'apporte rien que des ennuis. Nous sommes des pions de l'éducation nationale, des esclaves. Nous sommes bien trop lucides pour accepter une telle situation. Faire le métier que d'autres, sans sécurité, n'ayant pas le même salaire et souvent dans des établissements difficiles reflète l'absurdité du système et de la société.

Cette maison se transforma en un premier appartement de 45 m^2.

Monsieur Bourgeois, propriétaire, reflétait à première vue, le sérieux et la passion pour les vieilles bâtisses.

Progressivement l'enfer se cachait sous ses airs mielleux et hypocrites. Son blaser respirait la malhonnêteté. Une humidité qui aurait rendu fou n'importe quel hygromètre téméraire, détruisait tout sur son passage et créait une atmosphère tirée d'un roman de Mary Higgins Clark. Nous vivions quelques mois dans une cave. Quelle expérience ?

Nos livres recouverts de cuir se consumaient devant nous impuissants. Les champignons se développaient rapidement et s'attaquaient, comme pour nous faire souffrir davantage, à ce qui à mes yeux est le plus précieux, ma collection de livres.

Malgré les remarques et les tentatives, il nous faudra attendre l'acceptation de la mairie pour un autre appartement, plus grand et neuf. Il fit out pour nous faire croire que cela était normal. « Il faut ouvrir les fenêtres en hiver », « un nombre de personnes élevé augmente le risque de condensation dans la maison », « il est normal qu'il y ait des flaques, vous avez reçu des invités »

Transition et métamorphose

J'ai souvent pensé à la mort. Il m'est arrivé de vouloir en finir en avalant du paracétamol et de l'aspirine dans un champ de blé solesmois. Je ne sais toujours pas ce qui m'a maintenu en vie. La peur de la mort sans doute. Aujourd'hui je dois dire que bien des sujets et des activités me plaisent. Souvent solitaires, certes mais tellement agréables. La soif d'apprendre devient ma raison de vivre. Tout se tisse autour de cette sensation de vide à combler. Chaque jour devient l'occasion de remplir ma mémoire.

Naissance d'Ulysse

Avoir un enfant était l'un de mes projets, de nos projets. J'ai mis très longtemps à me décider notamment à cause du temps qui passe. C'est pourtant l'une des expériences les plus riches de toute ma vie malgré l'inconfort et surtout la fatigue. Le voir marcher et hurler « papa ! » m'émeut jusqu'aux larmes. Le choix de ce prénom est loin d'être anodin. Il reflète nos goûts pour la culture, le

211

voyage et l'évasion ; s'échapper de cette société qui nous poursuit sans cesse telle une strige.

Au départ, je ne voyais cela que comme une nouvelle expérience de connaissances et d'apprentissages, étant donné que j'essaie toujours de tout concilier sans perdre la face. Tâche tout de même très difficile. Aujourd'hui je considère cette naissance comme une seconde renaissance qui redonna doublement sens à ma vie. C'est une **seconde**

métamorphose, Chaque étape de

son apprentissage devient un

trésor à jamais enfoui dans ma

mémoire.

Troisième partie

Self-test de Mary Rocamora

Auto-analyse

Cette troisième partie consiste en une auto-analyse. Elle ne concerne que ceux qui veulent essayer de me comprendre. Afin de compléter l'apprentissage de moi-même, j'ai suivi et complété le self-test de Mary Rocamora dont voici une traduction :

1. Caractéristiques générales :

- Avez-vous un vocabulaire étendu ?

- Avez-vous de multiples talents ?

- Avez-vous tant d'intérêts et de capacités qu'il vous est difficile de vous focaliser sur un seul de manière satisfaisante ?

- Avez-vous un sens de l'humour un peu particulier ?

- Pouvez-vous vous occuper utilement sans stimulation extérieure ?

- Votre comportement traduit-il toujours une orientation vers un but précis ?

- Faites-vous preuve d'une évidente créativité dans toutes vos entreprises ?

- Avez-vous constamment le besoin et l'énergie de développer vos capacités ?

Je réponds en toute modestie « oui » à la quasi totalité des questions.

2. Entéléchie

Type particulier de motivation,
besoin d'auto-détermination, force
intérieure poussant à devenir tout ce
dont on est capable. Les individus
doués d'entéléchie attirent les autres,
séduits par leur ouverture, leurs
rêves, leurs visions. Vivre dans leur
entourage donne aux autres l'espoir
et la force de se réaliser. (Deirdre
Lovecky, "Warts and Rainbows:
Issues in the Psychotherapy of the

Gifted", Advanced Development, Jan., 1990):

- Etes-vous dirigé par une vision intérieure du sens de votre vie ? Avez-vous un rêve qui consomme toute votre énergie ?
- Etes-vous particulièrement motivé à devenir tout ce dont vous êtes capable ?
  - Etes-vous très impliqué dans le façonnement de votre propre destin ?

- Continuez-vous à croire en vous et en votre vision, même quand personne d'autre n'y croit ?

- Les autres sont-ils attirés par votre vision et désirent-ils y participer ?

Je réponds encore oui à toutes ces questions.

3. Les hyperstimulabilités

(Overexcitabilities, OEs, réactions aux stimuli), qui déterminent le potentiel de développement (Théorie de la Désintégration positive, de Kazimierz Dabrowski) :

"Les formes d'hyperstimulabilité sont particulièrement évidentes chez les individus doués et créatifs, parce qu'ils présentent une plus grande énergie, une capacité d'effort soutenu, une hyperesthésie, une grande avidité de connaissances, de découvertes, une attitude de questionnement, de quête, une imagination très vivace, une richesse d'association et une capacité de représentation détaillée et une plus grande profondeur et intensité de leur vie émotionnelle. L'on pourrait considérer ces cinq formes d'hyperstimulabilité comme le substrat de la douance et du talent créatif." (Piechowski, Silverman, Cunningham, & Falk, 1982)

A. Hyperstimulabilité psychomotrice

- Etes-vous très énergique ?

- Aimez-vous l'activité physique intense et le mouvement ?

- Vous sentez-vous constamment poussé à agir ?

- Etes-vous impulsif ?

- Avez-vous des tics nerveux ?

- Etes-vous toujours actif, toujours prêt, incapable de vous détendre ?

- Parlez-vous comme une mitraillette ?

- Etes-vous travaillomane ? (workaholic)

B. hyperstimulabilité sensorielle

- Etes-vous souvent ému jusqu'aux larmes par la musique ou les arts visuels ?

- Etes-vous enclin à trop manger et boire, parce que cela vous procure un plaisir intense?

- Etes-vous attiré pour les nouvelles expériences sensorielles (nourriture, musique, érotisme, changements d'environnement, ...)

- Quand vous vous souvenez d'une expérience, vous rappelez-vous aussi les aspects sensoriels ?

- Le toucher, l'odeur, le goût et la vue du sexe sont-ils aussi importants pour vous que l'orgasme ?

C. **hyperstimulabilité intellectuelle** (à ne pas confondre avec grande intelligence, car nombre d'individus très intelligents ne goûtent pas les activités et joutes intellectuelles.)

- Remettez-vous toujours tout en question ?

- Aimez-vous explorer une large variété de théories et d'idées ?

- Etes-vous capable d'examiner des idées hors du cadre de votre propre opinion ?

- Aimez-vous la recherche, l'analyse et la pensée théorique ?

- La résolution de problèmes est-elle une source d'immense satisfaction ?

Je réponds encore OUI à toutes ces
questions.

D. hyperstimulabilité imaginative
:

-       Ecrivez-vous,   parlez-vous,
pensez-vous ou rêvez-vous au sens
figuré ?

- Embellissez-vous la vérité brute
pour rendre la chute plus incisive ou
amusante ?

- Vous exprimez-vous en démontrant une riche association d'images et d'impressions ?

- Vous divertissez-vous sans arrêt à coup de "private jokes" et de représentations visuelles ou auditives débiles ?

- Recréez-vous les événements de manière à renforcer votre vision de la vie ?

E. hyperstimulabilité émotionnelle :

- Etes-vous extrêmement sensible, avec des émotions très intenses ?

- Pouvez-vous décrire vos sentiments avec beaucoup de précision ?

- Avez-vous des attachements émotionnels très intenses aux autres ?

- Vos émotions sont-elles suffisamment profondes pour vous amener à des considérations philosophiques ?

- Eprouvez-vous des craintes ou anxiétés d'un niveau extraordinairement élevé ou souffrez-vous de dépression ?

Je réponds encore oui à toutes ces questions.

4. Grande intelligence

"Les adultes doués sont intellectuellement différents. Ils ont une pensée plus sophistiquée, plus globale. De plus, ils ont la capacité de généraliser ... Ils peuvent saisir des concepts, des phénomènes complexes. Leur imagination, leur créativité sont souvent incompréhensibles pour l'individu moyen ... Ils sont capables de prédire les conséquences ... et anticipent des problèmes qui vraisemblablement se produiront. Les adultes doués sont aptes à distinguer le modèle de développement et de croissance et, par là-même, à reconnaître la tendance. Ceci leur permet de prédire et, par certaines actions, d'influencer la tendance" (Annemarie Roeper, "Gifted Adults: Their Characteristics and Emotions", Advanced Development, Jan. 1991)

- Etes-vous un penseur indépendant, individualiste et mentalement auto-suffisant ?

- Etes-vous un penseur divergent, avec des perspectives uniques et intéressantes ?

- Etes-vous très intuitif, avec à la fois profondeur et vision ?

- Aimez-vous les expériences liées au psychisme et aux idées métaphysiques ?

- Etes-vous excessivement curieux et investigateur ?

- Etes-vous agile verbalement ?

- Aimez-vous les discussions intenses ?

- Avez-vous une mémoire exceptionnelle ?

- Vous faites-vous rapidement une opinion ?

- Pouvez-vous manipuler mentalement d'énormes quantités de données ?

5. La quête de la vérité

"Ceux d'entre nous qui contemplent avec le cœur ne peuvent tolérer l'idée que la vie est accidentelle, sans but et sans direction. Nous sommes donc en face de deux alternatives : ériger et investir des systèmes de croyances de manière à asseoir le sens et le but ou cultiver la capacité de sentir et expérimenter la vie directement et lui permettre de nous apprendre ses secrets, en accord avec notre niveau de développement." (Mary Rocamora, director of The Rocamora School)

- Tâchez-vous de comprendre la nature et le sens de la vie ?

- Avez-vous beaucoup lu sur la nature de l'esprit ou pratiqué une méthode de méditation qui vous a aidé à expérimenter directement la nature de l'esprit ?

- Etes-vous attiré par des expériences mystiques ou

spirituelles qui fourniraient la base d'une compréhension plus profonde ?

- Etes-vous préoccupé par la mort et la possibilité d'une expérience post-mortem ?

- Etes-vous déterminé à apporter une contribution sensée au cours de votre vie ?

- Etes-vous très sensible à la moralité et la justice ?

6. Le "facteur autonome" (du psychologue Kazimierz Dabrowski)

" ... Le facteur autonome permet à l'individu de transcender les limitations à la fois de l'hérédité et de l'environnement à travers l'auto-détermination. Le facteur autonome est un incitant intérieur à faire des choix conscients en accord avec les principes qui nous sont les plus chers." (Linda Kreger

Silverman, Institute for Advanced Development)

- Etes-vous poussé à vous réaliser et à la perfection ?

- Etes-vous particulièrement conscient de ce que vous êtes ?

- Avez-vous démontré une capacité à la transformation intrapsychique ?

- Ressentez-vous beaucoup d'empathie et de compassion pour les autres ?

- Montrez-vous un haut niveau de responsabilité et d'intégrité morale ?

7. Perfectionnisme

"Dans un monde où la santé émotionnelle est définie en termes de contentement, de faculté de se détendre, de satisfaction de soi et de la vie et d'absence de conflits intérieurs, il n'est pas étonnant que le perfectionniste soit perçu comme névrotique. Pire, les messages persistants que les perfectionnistes reçoivent au long de leur vie les convainquent qu'il doit y avoir une faille majeure dans leur personnalité qui doit être éradiquée. Ceci exacerbe grandement le conflit intérieur qu'ils doivent gérer. Non seulement ressentent-ils de la honte, de la culpabilité et un sentiment d'infériorité de ne pas rencontrer leurs propres standards; mais, de plus, ils en ressentent d'avoir ce conflit intérieur. Et c'est ici que la tension peut atteindre le seuil de la paralysie." (Linda Kreger Silverman, 1987)

- Etes-vous déterminé à faire de votre mieux à tout prix ?

- Vous sentez-vous incapable de rencontrer vos propres standards ?

- Etes-vous envahi par le doute et l'auto-critique ?

- Votre propre perfection et celle de l'œuvre de votre vie sont-elles les forces principales qui dirigent votre existence ?

- Avez-vous le sens de votre destinée potentielle et vous sentez-vous obligé de la réaliser ?

- Avez-vous des attentes exceptionnelles et inadéquates à l'égard des autres ?

Je réponds encore oui à toutes ces questions.

8. Introversion

"Tous les introvertis sont perfectionnistes. Tous les individus doués sont perfectionnistes en quelque chose (sauf le rangement de leur chambre). L'introverti doué est le perfectionniste au carré." (Linda Kreger Silverman)

- Préférez-vous la profondeur à la variété, vous concentrant sur une activité à la fois ?

- Etes-vous difficile à appréhender, plus impliqué dans votre monde intérieur que vous ne l'êtes avec d'autres ? Et n'avez-vous que quelques amis proches qui vous connaissent bien ?

- Etes-vous facilement humilié, gardant pour cela les autres à distance ?

- Attendez-vous d'être approché par d'autres plutôt que de vous présenter

vous-même et prenez-vous le temps
de les observer avant de vous
engager ?

- Développez-vous vos compétences
en privé, avant de montrer au monde
le produit fini ?

- Avez-vous besoin de votre espace
vital, respectez-vous celui des autres
et éprouvez-vous du ressentiment de
voir le vôtre envahi ?

9. Idéalisme

"Le développement avancé est lié à la reconnaissance et l'admiration d'un principe universel comme la justice ... et ensuite à l'évolution vers une situation où vous pratiquez la justice. Vous la pratiquez, non seulement parce que c'est bien, mais plutôt parce que vous ne pouvez pas faire autrement. Vous ne croyez pas une chose et en faites une autre; vous

devenez une personne juste." (Karen
C. Nelson, 1989)

"L'excellence est peut-être un idéal
universel, mais peu en ont fait un
objectif personnel. La poursuite de
l'excellence commence par une
vision ... une vision du possible.
Cette vision ne visite pas tout le
monde; elle choisit le terrain le plus
fertile pour son développement.
Quels critères utilise-t-elle ? Une
capacité inhérente, sûrement.

Néanmoins, il doit également y avoir une réceptivité émotionnelle, une volonté d'embrasser la vision et de se dévouer à elle. Si la faculté est là, mais la réceptivité manque, la vision flotte. Elle ne reste que chez ceux qui désirent travailler à son accomplissement." (Linda Kreger Silverman)

Etes-vous enclin à réaliser "ce qui pourrait être" quand vous pensez à "ce qui est" ?

- Etes-vous solidement connecté à une vision intérieure et conscient que cette vision va évoluer constamment?

- Vous sentez-vous poussé à vous préoccuper directement de problèmes sociaux douloureux, de manière à éduquer les autres à travers la compassion et le sacrifice ?

- Travaillez-vous sans relâche à améliorer le monde, en accord avec vos idéaux ?

Alors, ... vous reconnaissez-vous ?

Oui. Pourtant je poursuis un complexe d'infériorité. Je me sens différent mais je n'ai pas confiance en moi.

Voici d'autres portraits dans lesquels je me reconnais :

Un(e) surdoué(e) a un fonctionnement cérébral différent (on dit qu'il est "câblé différemment") qui se caractérise par :

- Surtout, un mode de pensée et un comportement psycho-affectif différents (hypersensibilité, intensité, ...) qui génèrent un décalage permanent par rapport à « la norme ». « Esprit tordu », « ne fait rien comme tout le monde » sont des expressions courantes pour le caractériser …

- Souvent, un bon potentiel intellectuel, grâce auquel certains lui reconnaissent parfois une certaine intelligence. Intelligence qu'il ne manifeste pas nécessairement, ou seulement dans certain domaine (intellectuel et/ou créatif), dont il n'est pas toujours conscient ou que sa lucidité naturelle l'empêche de reconnaître. L'intelligence du surdoué est riche et puissante mais s'appuie sur des bases cognitives différentes :   - activation cérébrale d'une haute intensité,

- nombre de connexions de neurones significativement élevé, des réseaux de neurones qui se déploient dans toutes les ères du cerveau,

- un traitement des informations en arborescence avec une ramification rapide d'associations d'idées qui ont du mal à se structurer,

- un déficit de l'inhibition latente qui oblige le système cérébral à intégrer toutes les informations en provenance de l'environnement sans tri préalable : les surdoués en ont plein la tête,

- une impossibilité d'accéder aux stratégies utilisées lors de la résolution d'un problème car les connexions se font à grande vitesse et en deçà du seuil de la conscience,

- une intelligence intuitive et en images qui se débrouille mal du langage, des mots et de la structure verbale.

CARACTERISTIQUES

Plus que l'intelligence, difficile à définir, ce sont les caractéristiques suivantes qui dépeignent le mieux les adultes à haut potentiel :

Attention : il n'est pas indispensable qu'elles soient toutes présentes !

• Hypersensibilité, extrêmement susceptible.

• Intensité – hyper stimulabilité (niveau de réaction plus élevé aux stimuli, être "plus " tout : plus rapide, plus agité, plus attachant, plus exigeant, plus généreux, plus impatient, ...)

• Hyperesthésie ou exacerbation des cinq sens (hyperréactif aux stimuli sensoriels)

• Curiosité exceptionnelle.

- Imagination débordante, grande créativité.

- Grande capacité d'observation, note les plus petits détails.

- Intérêts très variés, saute facilement d'un domaine à l'autre.

- Peut faire plusieurs choses en même temps (suivre deux conversations en parallèle, parler et écrire, rêver et pourtant écouter, ...)

- Recherche la compagnie de personnes plus âgées.

- Capacité d'attention, persévérance : forte si l'intérêt y est; faible, voire nulle, sinon.

- Grand sens de l'humour (et humour très particulier, souvent incompris).

- Rapidement frustré s'il ne trouve pas les personnes ou les ressources pour réaliser ses grandes idées.

• Grand sens de la justice, de l'équité, moralité. Intolérance à l'injustice, pour lui et pour les autres.

• Respect des règles bien comprises ("logiques"), mais tendance à questionner l'autorité non fondée.

• Idéalisme, altruisme, compassion.

• Grande capacité de raisonnement, aime résoudre des problèmes complexes.

- Rapidité d'apprentissage.

- Sait sans avoir appris

- Autodidacte lorsqu'il est rebelle à l'apprentissage classique, prèfère apprendre seul.

- Méthode d'apprentissage particulière, surtout en math et en lecture.

- A lu très jeune et avidement.

- Vocabulaire extensif.

• Excellente mémoire.

• Bon en chiffres, puzzles, ...

Et surtout :

• Perfectionnisme, doublé d'une extrême lucidité, qui entraînent parfois le doute, la peur de l'échec.

Je retiens le message suivant :
Etre surdoué, ce n'est pas être
plus intelligent que les autres,
c'est manifester une intelligence
différente et particulière.
Intelligence qui s'accorde avec
difficulté à la société
d'aujourd'hui.

Adultes HP :

LES PROBLEMATIQUES

Atypiques à bien des égards, les adultes à haut potentiel font face à des problématiques particulières.

La première d'entre elles étant d'être correctement identifiés comme adultes HP. Le sentiment de décalage induit par leur différence peut les amener eux-mêmes, ou les thérapeutes qu'ils consultent, à suspecter des troubles du comportement, à diagnostiquer des pathologies, là où il ne s'agit que de comportements normaux pour des adultes HP.

Ceci étant posé, les problématiques classiques sont :

• L'hypersensibilité,

• Le déficit d'attention et/ou l'hyperactivité (TDA/H),

- Le perfectionnisme,

- la confiance en soi,

- Le syndrome de l'imposteur,

- La (mauvaise) résistance à la frustration,

- l'imagination, la créativité, la pensée divergente,

- Le syndrome de Cassandre,

• La procrastination : tendance à différer, à remettre au lendemain,

• l'altruisme, l'idéalisme, la volonté de changer le Monde ...

• L'obsession du contrôle, le besoin de lâcher-prise,

• Les comportements à risque,

• Paresse ou manque d'intérêt ?

• L'ennui : en classe, au boulot, en société ...

- Les changements de boulot, l'instabilité,

- Couple de HP ou couple "mixte",

- Les implicites, obstacles à la communication, la compréhension,

- Idéaliste, mais lucide, et ça ne fait pas toujours bon ménage ...

- Le sens de l'humour, un humour très particulier ...

• Le sens de la justice, l'intolérance à l'injustice,

• L'inhibition intellectuelle, le "complexe de l'albatros",

• La résilience : capacité à réussir, à vivre, à se développer en dépit de l'adversité.

"On ne peut pas se penser intelligent, quand on mesure ses propres faiblesses avec la lucidité aiguë du surdoué, qui ne lui permet aucun aveuglement."

Arielle Adda, dans *Que sont les enfants doués devenus ?*

INFOS COMPLEMENTAIRES

CARACTERISTIQUES

• 5 facultés de base :

- Divergency

- Excitability

- Sensitivity

- Perceptivity

- entelechy = capacity of self-actualisation

• une hyperstimulabilité = OverExcitabilities (OE)... :

- psychomotrice

- sensorielle

- intellectuelle

- émotionnelle

- imaginaire

• une introversion naturelle fréquente

• 6 aspects à prendre en compte :

- génétique : l'héritage de prédispositions familiales

- émotionnel : déterminant des traits de personnalité
- cognitif : l'intelligence (une ou plusieurs des 8 formes)
- "talent personnel" : attribut hautement individuel
- vocationnel : domaine d'accomplissement, interaction avec la société
- Environnemental : famille, école, culture, genre H/F, chance pure,...

- divers degrés à identifier :

  - Surdoués

  - Très surdoués

  - Profondément surdoués

  - exceptionnellement surdoués

- mode d'apprentissage poussé à l'extrême :

  - visuel-spatial

  - auditif

  - kinesthésique

- 2 tendances de manifestations du surdouement :

    - le haut potentiel "scolaire" mis en évidence essentiellement par le QI

    - le haut potentiel créatif-productif (résultats de QI très variables)

FREINS A LA REALISATION PERSONNELLE

• syndrome de l'imposteur

• perfectionnisme outrancier = réalisation bloquée ou inachevable

• underachievement ... sous-réalisation

• aptitudes trop nombreuses

• difficultés plus spécifiques aux femmes

SOLUTIONS ET "HOW TO"

• perfectionnisme versus excellence

• comprendre le phénomène : analogie du cylindre et de l'entonnoir

• la conscience de soi

• formation de l'identité : un modèle à explorer

• la gestion quotidienne des OverExcitabilities

• la focalisation d'aptitudes multiples

ETAPES DE RESTAURATION IDENTITAIRE / AUTOREALISATION

• les 4 etapes (Mahoney) :

- Confirmation = se reconnaitre soi-même

- admettre personnellement sa propre douance

- identifier et reconnaitre ses propres dons

- Affirmation = être reconnu par les autres

- obtenir une reconnaissance et un soutien permanents de sa douance par les autres

- Affiliation = reconnaitre les autres

- se lier avec ceux qui ont les mêmes centres d'intérêts, passions, surexcitabilités, talents, etc ...

- Appartenance   =

interagir avec le monde

- développer une vocation, un

but ; se connecter au monde

• un modèle parallèle très utile : la

réussite des grands athlètes

• sur l'utilité et les limites de tout

entrainement

• Pour un réapprentissage

émotionnel

- Conscience corporelle et image de soi

- Réalisation artistique

- Personnalité et orientations professionnelles, des outils pour mieux cerner:

  - un test DRH de personnalité : le MBTI   www.keirsey.com

  - le classement des centres d'intérêts de Holland

- l'ennéagramme.

Bien plus qu'une question d'intelligence, ce qui distingue les adultes à "haut potentiel" ce sont des caractéristiques atypiques.

La première, et la principale, est certainement l'hyperstimulabilité, dont découle beaucoup d'autres caractéristiques.

C'est-à-dire que le HP ou "surdoué" est toujours "plus" (ou "trop" selon son entourage, bien plus que selon lui !) : son niveau de réaction aux stimuli étant plus élevé, il réagit avec plus d'intensité à son environnement.

Aussi, va-t-on, dès son plus jeune âge et parfois improprement, lui coller des étiquettes telles que : exigeant (en fait, perfectionniste), niais (trop de "sensiblerie"), naïf (ou utopiste), impatient (alors que souvent il va simplement plus vite que la majorité, il a compris quand les autres sont au début d'un raisonnement ou de leur propre phrase !), indiscipliné, agité (un peu pour les mêmes raisons, a besoin d'un rythme plus rapide), bagarreur, "esprit tordu" ou "parano" (car perçoit des nuances dans l'information imperceptibles pour les autres), ou encore "coincé", peureux ou rigide.

Les adultes surdoués rencontrent de nombreux défis.

L'un de ceux-ci est d'être correctement identifiés comme surdoués par les spécialistes et thérapeutes qu'ils consultent. Ceux qui s'intéressent aux individus doués, talentueux et créatifs savent :

• que ceux-ci présentent une plus grande intensité et des niveaux de réaction plus élevés aux stimuli, sur les plans émotionnel, intellectuel, sensoriel, psychomoteur et de l'imagination.

• que ceci est une caractéristique normale de leur développement et pas une anomalie.

• que c'est justement parce que ces enfants et adultes doués ont une structure psychologique plus fine et une conscience plus organisée qu'ils ressentent la vie différemment et plus intensément que ceux qui les entourent.

Néanmoins, ces caractéristiques sont fréquemment perçues par leur entourage et par les psychothérapeutes comme des preuves de troubles mentaux, parce que la majorité de la population manque d'information sur cette facette de leur personnalité. La plupart des gens ne savent pas que ce qui est considéré comme normal pour les HP est le plus souvent qualifié de "névrose" dans la population en général; avec, comme résultat, que la personne douée est parfois émotionnellement vulnérable à une série de difficultés relationnelles à la maison, au travail, à l'école ou dans la société en général.

Très intenses et hypersensibles, les HP sont donc souvent mal diagnostiqués par des thérapeutes qui n'ont reçu aucune formation particulière à l'identification et au traitement de ces personnes présentant des caractéristiques de développement complexes et sophistiquées.

Le diagnostic thérapeutique fait fréquemment, mais erronément, mention de troubles de la personnalité ou de déficit d'attention. Maniaco-dépressif ou bipolaire, cyclothymique, narcissique, borderline, trouble du déficit d'attention avec ou sans hyperactivité (TDA/H), ..., sont des termes cités régulièrement pour décrire ces stades de "désintégration positive". Le résultat des ces erreurs de diagnostic peut parfois être bénin (l'adulte HP laissant tomber, parce qu'"incompris"), mais il peut aussi amener à des traitements qui tendent à invalider, voire à normaliser, le fonctionnement interne complexe de la personne douée. Quand celle-ci se voit prescrire une médication pour supprimer les "symptômes de la douance", le danger est grand de voir neutralisé ce formidable tourbillon intérieur, minimisant ainsi la potentialité de vivre une vie riche et pleine.

Pour l'adulte HP, le conflit intérieur est plus un signe de développement que de dégénérescence, parce qu'il l'amène à remplacer ses façons d'être et de penser par celles d'un niveau de développement supérieur. Ce type de désintégration positive se caractérise par une tension intérieure accrue entre ce qu'il est et ce qu'il pourrait être.

Cette tension dynamique est ce qui alimente la vie intérieure complexe de cette personne créative et fournit les moyens de la croissance et du développement. Tous les spécialistes qui ont affaire à une population douée doivent être familiers de ces processus internes de développement personnel, sous peine de causer de plus grand dommages psychologiques encore.

Avec un adulte HP, les éléments à évoquer sont :

• le stress interne d'être doué;

• le traumatisme émotionnel du développement rapide (dyssynchronie);

• les effets de l'introversion, de l'intensité, du perfectionnisme et de l'extraordinaire sensibilité à soi et aux autres;

- la reconnaissance des symptômes d'un engagement mental insuffisant;

- l'importance d'interactions avec d'autres personnes douées;

- et la canalisation et la focalisation sur cette abondance d'énergie physique, sensorielle, intellectuelle et émotionnelle.

Les défis relationnels particuliers que les individus, couples ou familles de surdoués rencontrent durant leur vie incluent :

• apprendre à interagir avec la majorité;

• gérer les attentes et les pressions pour se conformer à la norme;

• absorber l'hostilité inconsciente, le ressentiment, l'antagonisme ou le sabotage dirigés vers eux parce qu'ils sont perçus comme intellectuellement, créativement ou personnellement avantagés;

• tracer les limites pour l'utilisation ou l'exploitation de leurs capacités;

• collaborer avec les autres et gérer les dilemmes quotidiens impliquant la famille, les patrons, les collègues, les voisins, les thérapeutes, les enseignants, les éducateurs et ... tous les autres membres de la société.

Les défis auxquels les surdoués doivent faire face pour exploiter leur potentiel et conserver leur santé sont nombreux. Un des plus grands cadeaux qu'un thérapeute puisse offrir aux individus doués, talentueux et créatifs est une réelle reconnaissance d'eux-mêmes et de leurs capacités. Des professionnels prêts à apprendre sur la douance et les surdoués arriveront à réaliser ceci.

Tout ceci me ressemble et répond à de nombreuses questions que je me pose. Je ne me sens pourtant inférieur à la plupart des gens, capables de faire des choses ordinaires. Peut-être un jour je saurai, je saurai…

Notes personnelles

Edition : BoD - Books on Demand
12/14 rond-point des Champs Elysées, 75008 Paris
Imprimé par Books on Demand GmbH, Norderstedt, Allemagne
ISBN : 9782322012367
Dépôt légal : décembre 2014